QUELQUES

APOLOGUES;

Par Jᴱˢ BERNARD, OFFICIER RETIRÉ.

Sub velo veritas.

CLERMONT-FERRAND,

DE L'IMPRIMERIE DE LANDRIOT, LIBRAIRE,

IMPRIMEUR DU ROI ET DE LA PRÉFECTURE.

1820.

A LAFONTAINE.

PERMETS, bon Lafontaine,
Que j'ose mettre en scène
Quelques-uns de tes animaux :
Daigne sourire à ces acteurs nouveaux.
Voudrois-tu leur prêter un peu de ce langage
Qui plaît à chaque page,
Dans ton livre si riche en naïves leçons?
Vainement j'entreprends cet innocent ouvrage,
Si tu ne viens soutenir mes crayons.

APOLOGUES.

LE CHIEN ET LE CHAT.

CouchÉs près d'un foyer, un chien ainsi qu'un chat,
Se croyant tous les deux des ministres d'état,
Certain jour, en ces mots, vantoient leur importance.
　　　C'est le chat qui commence.
« Frère, depuis trois ans que nous sommes ici,
Notre maître a pu vivre et dormir sans souci :
　　　Par mes soins et ma vigilance,
　　　　J'ai tenu la maison
　　　　Nette de cette engeance
　　　　A qui ma nation
　　　　A déclaré la guerre :
On ne verroit donc plus de souris sur la terre,
Si tout chat, comme moi, faisoit bien son métier.
Je cours, je vais, je viens de la cave au grenier.
　　　Pendant que tout sommeille,
Je me mets aux aguets ; il n'est que moi qui veille ;
　　　　Et quand le peuple rat,
　　　　Rôdant dans la cuisine,
　　　　Vient flairer quelque plat,
　　　　Ou le sac de farine,
　　　　Embusqué dans un coin,
　　　　Soudain, d'un coup de patte,
　　　　Je rends veuve une rate.
　　　　Nous n'avons nul besoin

De piége ou souricière :
Autant il en paroît, crac, j'en fais mon affaire :
Je vois pendant la nuit.
Après ça, parlez-moi de votre savoir-faire,
Pauvre ronfleur. — J'entends au moindre bruit,
Répartit l'autre.
Chacun sa tâche ; et si la vôtre
Est d'attraper souris,
La mienne est de veiller au salut du logis :
Sans moi, peut-être,
Vous n'auriez plus de maître :
En aboyant, j'écarte les voleurs.
Mais qu'importe à vous, chats, à qui vous puissiez être.
On connoît bien vos mœurs :
Vous ne tenez qu'au gîte,
Et point du tout à celui qui l'habite. »
Je laisse à deviner la morale aux lecteurs.

~~~~~~

L'HIRONDELLE ET LE MOINEAU.

Comment vous trouvez-vous, pauvre petit moineau,
Disoit une hirondelle
Un jour, à certain passereau,
Sur le sommet d'une tourelle?
Avez-vous bien passé la saison des frimats?
Car vous ne bougez pas
Des lieux où la nature
Voulut vous attacher ;

Vous n'allez point chercher,
Comme nous, aventure;
Et vous restez, pour vous cacher,
Dans le trou de quelque masure.
Qué faire dans les champs,
Quand ils sont dépouillés de verdure et d'ombrage?
Vous ne voyez tous les ans
Qu'un printemps.....
Et puis l'hiver vient blanchir ce rivage.
Heureux, si vous pouvez, parasite tremblant,
Alors que sur la terre il n'est plus de pâture,
Sous les toits dérober quelques grains de froment
Pour votre nourriture!
Que je plains votre sort!
Autant vaudroit-il être mort.
A nous appartient tout le monde:
Nous allons au delà de l'onde
Chercher les regards du soleil.
Quand vous êtes transi, plongé dans le sommeil,
Sous des cieux sans nuages
Nous voltigeons dans les bocages,
Nous rasons les étangs;
Et nous ne revenons que lorsque les feuillages
Chez vous annoncent le beau temps.
Tel est le cours de notre vie.
Avez-vous dit, hirondelle ma mie,
Lui répond le moineau?
Vous revenez! pour nous, qu'il fasse froid ou chaud,
Nous ne quittons point la patrie.

LE PERROQUET ET LE CORBEAU.

MAITRE Crépin avoit dans sa boutique
Mis en cage un corbeau.
A la cave, à la cave, à la cave, Margot,
Etoit de celui-ci l'ordinaire musique :
C'étoit tout son savoir.
Se regardant dans un miroir,
Un perroquet perché sur son échelle,
Dans une autre maison,
De son côté, chantoit sa kyrielle :
Perroquet, perroquet mignon;
Il parloit et disoit mainte autre bagatelle.
Trop heureux nourrisson,
La soubrette d'une comtesse
Lui disoit sa leçon;
Quelquefois aussi la maîtresse.
Quant à Colas, élevé sans façon,
Il répétoit, à vous fendre la tête,
Margot, Margot, son éternel refrain.
Ne te tairas-tu pas, impertinente bête,
Lui dit un jour l'Américain :
Tes propos sont communs, et sentent la guinguette.
L'oiseau noir répondit :
Vertvert, si, comme vous, j'avois eu pour maîtresse
Une comtesse,
Je serois mieux instruit :

Je répète ce que m'apprit
Un savetier dans ma jeunesse.
Ce corbeau, ce me semble, avoit assez d'esprit.

LE ROITELET ET LA CHENILLE.

S'IL faut ramper pour parvenir,
      Je ne parviendrai guère ;
Par ce moyen je ne veux réussir :
      Tel est mon caractère.
      Je me rappelle, à ce sujet,
      Ce que disoit un roitelet
A certaine chenille un jour dans la prairie.
Celle-ci se vantoit avec effronterie
Qu'elle pouvoit atteindre à l'arbre le plus haut.
            En rampant, ma commère,
            Reprit l'autre aussitôt ;
            C'est là votre manière,
            On le sait, d'arriver.
Quant à moi, j'aime mieux rester dans la bruyère,
      Que de la sorte m'élever :
Et cependant les dieux me donnèrent des ailes ;
      Mais les chenilles en ont-elles ?
Montez en vous traînant ; je vais, de mes chansons,
      En voltigeant, égayer les buissons.

L'OISON ET LE COQ DE CLOCHER.

Un oison vit un coq au faîte du clocher
De l'église de son village :
Ce n'étoit point un coq ; mais c'en étoit l'image
Qu'on venoit d'y percher.
Que j'aimerois, dit-il, à faire connoissance
Avec ce coq ; c'est un coq d'importance,
Il me paroît : mais comment approcher ?
Comment ? Parbleu, c'est bagatelle.
J'aperçois une échelle
Qu'on a laissée à cet effet.
Par son moyen, à l'aide de mon aile,
De bâton en bâton, j'atteindrai le sommet
De cette pyramide,
Où je puis, dès ce soir, me jucher, s'il me plaît.
Pendant qu'il se décide,
Il voit le coq en mouvement.
Qu'est ceci, reprit-il ; n'allons pas plus avant :
Ce coq n'est point solide ;
Il tourne au gré du vent.

Il en est quelques-uns à deux pieds, mais sans ailes,
Dont on en dit autant ;
Mais, motus : n'allons point nous faire des querelles.

~~~~~~

LE PAPILLON ET LA FOURMI.

Un papillon étaloit un matin
    Les couleurs de ses ailes
    Au milieu d'un jardin;
    Il effleuroit le sein
    Des roses les plus belles.
Il n'est point, disoit-il, de plus heureux destin;
    Qu'il est digne d'envie!
    Je pompe l'ambroisie;
    Je me balance sur les fleurs;
    De l'aurore je bois les pleurs
    Que reçoit leur calice;
Tandis que sous mes pieds cette noire milice
(Des fourmis il parloit) se traîne lentement,
Portant je ne sais où quelques grains de froment.
    La voilà qui s'enterre.
Alors une fourmi, prête à rentrer sous terre,
S'arrête; et, déposant un instant son fardeau,
    Dans son humble langage,
    Au papillon volage
    Fit ce sermon qu'elle croyoit nouveau:
— Cesse de te vanter, papillon, lui dit-elle;
Tu brilles, il est vrai, tu parois au grand jour;
Mais crois-tu, mon ami, ta carrière éternelle?
Ainsi que tes pareils, tu viendras à ton tour
    Brûler à la chandelle.

Encore deux matins vole de fleur en fleur ;
Moi, je vais achever mon innocent labeur.
Adieu donc ; je rejoins mon solitaire asile :
Si je vis ignorée, au moins je suis utile.

L'ABEILLE ET LE MOUCHERON.

Un jour en bourdonnant,
Un petit moucheron s'approcha d'une abeille
Qui butinoit sur une treille,
Et lui dit familièrement :
« Que faites-vous, commère,
Seule sur ce sarment ?
Venez montrer dans ce parterre
Votre corsage d'or et vos ailes d'argent :
Nous volerons ensemble
Sur mainte fleur :
Le proverbe n'est point menteur ;
Qui se ressemble,
A-t-il dit, se rassemble.
Je ne suis point un papillon,
Voyez : ainsi que vous, je porte l'aiguillon ;
Qu'en pensez-vous, ma reine ?
Vous ne répondez pas,
Et vous me regardez à peine :
Perdrois-je près de vous mes soupirs et mes pas ?
Seriez-vous sourde ou bien muette ?
— Cesse, oisif animal, tes importunités ;

Je ne t'entends que trop, dit, sans tourner la tête,
La travailleuse à la chétive bête ;
Va bourdonner plus loin ; mes momens sont comptés.
On a beau fuir, éviter ta présence,
On te trouve partout :
Tu fais du bruit, et puis c'est tout. »
Qu'il est de moucherons qui s'agitent en France,
Et qui n'ont pas d'autre importance !

L'ANE ET LE JEUNE CHEVAL.

Un âne cheminoit : la pauvre créature
Ne fendoit pas les airs ; âne, de sa nature,
Trotte assez lentement.
Je l'aimerois pour ma monture ;
Son allure convient à mon tempérament :
Si l'on ne va pas vite,
Du moins on arrive à son gîte
Sans aucun accident.
Un cheval, près de lui faisant voler la terre,
Faillit le renverser,
Lui, sa charge et son bât. Ne pouvoit-il passer
Sans qu'il heurtât son frère,
Qu'en deux temps de galop il couvrit de poussière?
L'âne baissa l'oreille, et ne dit pas le mot;
Tout âne qu'il étoit, il n'étoit pas un sot.
D'ailleurs, il n'étoit pas à craindre :
Qu'auroit pu lui servir de crier et se plaindre?

Il se tut ; et fit bien
De suivre son chemin,
Sans songer à l'offense,
Encore moins à la vengeance.
Mais le ciel s'en chargea ; car notre fanfaron,
Deux minutes plus tard, dans le creux d'un vallon
Rencontrant une ornière,
S'abattit, et laissa son cuir et sa crinière.

LE CAMÉLÉON ET LE RENARD.

Plus d'un caméléon se verra dans ma fable.
Celui qui va parler n'est pas le plus blâmable.

« Chaque moment me voit nuancer mes couleurs ;
A moi-même jamais je ne parois semblable.
La robe du printemps étale moins de fleurs,
Que mon habit est variable.
A volonté je puis changer ;
Et j'en rends grâce à la nature :
Je puis me soustraire au danger,
En changeant de figure.
Mais vous, renard, vous êtes pris
Souvent au piége qu'on vous dresse ;
On vous happe comme souris ;
Malgré votre finesse,
Et votre adresse,
Vous tombez tôt ou tard
Au traquenard.
Vous faites peur à la volaille ;

Vous êtes des larrons autant craint que les loups.

    Après cela, parlez, me valez-vous ? »

— Il n'est, dit le croqueur, nul de nous deux qui vaille ;

    C'est un fait très-certain.

Je vous le dis en vers, je le dirois en prose :

    Si je vaux peu de chose,

Croyez, caméléon, que vous ne valez rien.

    Votre nom seul est une injure.

    Mais brisons là cet entretien :

Trop de gens aujourd'hui portent votre figure.

LA FEMME ET LE SERPENT.

Nous ne voyons que le tort qu'on nous fit :

    Nous ne pardonnons rien aux autres ;

Leurs méfaits sont toujours présens à notre esprit ;

    Nous oublions les nôtres.

Ecoutez sur ce point ce que la fable dit :

    « Fi ! la vilaine bête !

S'écrioit une femme en voyant un serpent

    Qui sillonnoit un champ ;

    Que je voudrois lui marcher sur la tête,

Et l'écraser d'un grand coup de sabot !

    J'en mourrois d'allégresse.

    En entendant ce mot,

    Le reptile se dresse :

Suivez, femme, dit-il, suivez votre chemin ;

Je glisse sur la terre, et je ne vous dis rien,

Ah! vous vous souvenez sans doute de la pomme
Du paradis d'Eden :
Là, je vous ai tentée; et vous tentâtes l'homme.
Eh bien! s'il faut que l'on m'assomme,
A vous entendre en ce moment jaser,
Il faudroit donc aussi vous écraser. »

L'OIE ET LE CANARD.

Un canard s'ébattoit en sortant d'un ruisseau,
Et frappoit les échos de sa voix nasillarde;
Une oie, en promenant sa graisse au bord de l'eau,
Fièrement le regarde :
Tu me romps le tympan,
Maudit oiseau; cesse tes cris, dit-elle;
Ou bien, va-t-en crier là-bas vers cet étang,
Où nage la sarcelle.
Il vous sied bien de parler de ma voix,
Répondit le canard : demandez aux Gaulois
Si la vôtre est plus belle.
Vous éveillâtes les Romains,
Lorsque leur citadelle
Etoit presque en nos mains.
Aussi, pour prix de votre zèle,
Tous les ans dans ces lieux,
Quand vient le beau jour de la fête,
Pour venger nos aïeux,
On vous pend par les pieds, on vous tire la tête;

Et puis, chez Tabarin

On vous plume, on vous met en broche,

Pour chômer saint Martin.

— Tu nous fais un reproche

Que nous méritons peu, dit l'oie en son latin.

De vos Gaulois en signalant l'approche,

Nos sœurs du Capitole ont fait chez le Romain,

Jadis aux bords du Tibre ayant reçu la vie,

Le devoir de tout citoyen

Quand on menace la patrie.

Dom canard ne dit rien

A cette répartie.

~~~~~~

LE ROSSIGNOL.

————

Un rossignol accusoit la nature,

Et de ses sons plaintifs attristoit les échos;

Il leur disoit : Pourquoi donc les corbeaux

Existent-ils cent ans, tandis que je ne dure

Que deux ou trois printemps?

Pourquoi le ciel, m'accordant le ramage,

N'a-t-il point allongé la trame de mon âge?

Je charmerois les forêts plus long-temps.....

Mais j'ai tort de me plaindre, en voyant cette vie

Aux humains comme à nous tristement départie.

Ce n'est point aux vertus, ce n'est point aux talens,

Qu'on leur a mesuré les ans;

Et l'aveugle trépas les frappant à toute heure,

Souvent malgré leurs vœux et leurs cris impuissans,
L'honnête homme succombe, et le méchant demeure.

LA COLOMBE ET LE RAMIER.

Loin de son colombier,
Un jour qu'Iris étaloit sa ceinture,
Certain pigeon, par aventure,
S'écarta dans un bois. Là vivoit un ramier,
Ami de la nature.
Solitaire par goût, il sortoit rarement,
Et se plaisoit dans ce vert ermitage.
D'autres le traiteront de hibou, de sauvage,
Qui fuit tout l'agrément
Que présente le monde.
Ainsi lui dit notre pigeon :
« Quittez de ces forêts la retraite profonde,
Et venez habiter, pauvret, notre maison :
Vous vous plairez à nos manières.
Chez nous point de distinction :
Tous les pigeons sont frères.
Vous verrez sous nos toits
Que la paix règne aussi-bien qu'en vos bois.
De la société nous y goûtons les charmes ;
Et nous ne craignons pas les armes
De vos terribles braconniers.
— Hélas ! l'homme est partout, répond l'oiseau sauvage.
Vous ne pouvez non plus échapper à sa rage :

Si vous ne craignez point les chasseurs meurtriers,
Trop souvent dans vos murs on porte le ravage;
N'ensanglantez-vous pas le fer des cuisiniers? »

LE COQ D'INDE.

Le ciel donna la douceur au mouton,
La finesse au renard, la sottise au dindon;
De ce dernier l'orgueil fut encor le partage.
Un matin que Phébus, sans voile et sans nuage,
Doroit de ses rayons ce terrestre séjour,
Certain de ces messieurs, qui, des rives du jour,
Nous furent apportés par les enfans d'Ignace,
Se pavanoit, se donnoit de la grâce;
Faisoit la roue et l'éventail
Devant un coq et son sérail,
Se miroit dans son ombre.
« Si mon plumage est un peu sombre,
En suis-je, disoit-il, et moins leste, et moins beau?
Mais convenez que l'oie est un pesant oiseau :
Regardez-la marcher; ah! comme elle se traîne!
Sa patte large à peine
Peut la porter : et puis ses cris! »
Il se croyoit une sirène,
Et pensoit être un Adonis.

Dans cette image, à mon avis,
Plus d'un présomptueux pourroit trouver la sienne.

LE MERLE ET LA LINOTE.

Une linote avoit placé son nid
    Au milieu d'un vieux saule.
De sa race future elle apprêtoit le lit,
    Quand un merle lui dit :
    Ma mie, êtes-vous folle?
En vérité, c'est vous poster bien mal?
Ne pouviez-vous, pauvre animal,
    Mieux choisir votre asile?
— Que dites-vous? ce lieu paroît tranquille,
J'y trouve le couvert et m'abandonne aux dieux.
    Mais vous ne voyez point les cieux,
Lui répartit le chantre au noir corsage;
Du moins si vous montiez au sommet du branchage,
    Vos œufs seroient, puis vos enfans,
En meilleur air ; sinon, descendez d'un étage :
    Vous serez dans mon voisinage.
    J'habite dans les flancs
    De ce tronc où j'ai mon ménage,
    Voilà tantôt trois ans,
    Et j'y suis à mon aise.
Si vous vous trouvez bien, souffrez, ne vous déplaise,
    Que je reste où je suis,
Dit la linote; ici, je vivrai sans ennuis.
    Plus haut, les vents siffleroient sur ma tête ;
    Plus bas, ce marmot qui me guette,

Sur mes potits mettroit un jour la main.

Vous voyez donc, vous que l'on dit si fin,

Qu'en restant au milieu, je ne suis pas si bête.

~~~~~~

LA MARMOTTE ET L'ÉCUREUIL.

Dormirez-vous toujours, holà! dame marmotte,

Disoit un écureuil, ou bien êtes-vous morte?

Voilà six mois que vous fermez les yeux,

Et que vous n'avez vu la lumière des cieux.

Sortez de votre trou; venez voir la nature

Aux bois rendre la chevelure.

Tout renaît. Les oiseaux

Ont déjà de leur voix réveillé les échos;

Nos monts ont repris leur parure;

La neige se fond en ruisseaux.

Profitez du printemps : las! il passe si vite!

Déjà, pour nous quitter,

Je vois son aile qui s'agite.

Voulez-vous donc rester

Toujours arrondie en pelote?

Alors notre marmotte

Se déroule et lui dit :

Pourquoi me réveiller, petit?

J'ai fait à peine un somme.

— Un somme! Six mois sont que vous êtes au lit,

Vous dis-je; l'on seroit deux fois venu de Rome,

Depuis que vous dormez.

C'est autant de passé, répartit la dormeuse :
Tous nos jours sont, hélas! de tant de maux semés!
En ai-je été plus malheureuse?
Je ne songeois à rien,
Au mal non plus qu'au bien;
Et je voudrois toute ma vie
Vivre endormie!
Mais j'aperçois un Savoyard,
Qui, je pense, viendra trop tard
Pour m'enfermer dans sa cassette;
Adieu : je vais faire retraite.
Perdre la liberté! c'est un si triste sort!
Ah! c'est pour lors, pauvre petite bête,
Qu'il vaudroit mieux dormir du sommeil de la mort.

LA CHÈVRE ET LES MOUTONS.

CERTAIN berger, c'étoit dans la Champagne,
La houlette à la main,
Laissoit aller sa troupe à travers la campagne.
Dans un étroit chemin,
Tout suivoit à la file,
Jusqu'aux moindres agneaux.
Lafontaine a nommé ce bon peuple imbécile :
Il connoissoit les animaux;
Et les moutons, seroient-ils plus de mille,
Passent toujours où passe le premier.
Or donc, au bout de ce sentier,

Il se trouvoit un précipice.
Le premier y tomba;
Le second eût bien fait de faire l'écrevisse,
Et le troisième succomba.
Le quatrième encor fit la même sottise;
Quand une chèvre à barbe grise,
Qui venoit après eux, s'arrêta tout à coup,
Ferme comme une borne.
Je n'y descendrai point, j'en jure par ma corne,
Dit-elle, et de côté laissa le saut de loup.
Le cinquième pour lors de la gent moutonnière,
Qui suivoit en bêlant la dame aventurière,
Ne quitta point la trace de ses pas;
Et de cette manière,
Le reste du bercail évita le trépas
Que présentoit la fondrière.

Trop heureux qui toujours suit de sages leçons!
Hélas! sans que rien les retienne,
Les hommes bien souvent sont de pauvres moutons,
Que le mauvais exemple entraîne.

~~~~~~

LES PASSEREAUX.

————

Dans un champ dont Phébus
Jaunissoit la javelle,
Plusieurs oiseaux avoient été pendus
Au bout d'une ficelle.

Ils étoient agités par l'haleine des vents.
On avoit placé là ces mauvais garnemens
Pour donner l'épouvante
Aux moineaux dévorans.

Comme la chose étoit récente
Sur eux d'abord elle fit quelqu'effet ;
Et leur crainte fut telle
Qu'ils mirent fin à leur caquet.
Tous crurent qu'un arrêt
Venoit de prononcer leur sentence mortelle.
Ah ! renonçons, dit l'un d'eux, à ce grain,
C'étoit le chef; mourons plutôt de faim,
Que de finir comme nos frères.
Partons : retirons-nous au milieu des bruyères ;
Notre vie en dépend ;
Quittons des lieux où l'on nous pend.
Il dit : et toute l'assemblée
Obscurcit l'air en prenant la volée.
Les voilà loin.

Mais l'épouvante est-elle au-dessus du besoin,
Surtout du plaisir de mal faire?
Ils sont dans un verger :
Pomone encor, n'offre rien à manger ;
Cérès présente bonne chère.
Ils n'ont plus sous les yeux
L'image du patibulaire ;
Et le jeûne déjà commence à leur déplaire.
Un revient, et puis deux ;
Et puis toute la bande,
N'appréhendant plus qu'on la pende,
Vient de nouveau s'abattre en troublant l'air de cris,
Sous le nez des pendus, au milieu des épis.

O fatal ascendant du vice !
La justice a beau faire, il est des scélérats
Qu'épouvante un moment, mais ne corrige pas
L'exemple du supplice.

LES DEUX RATS ET LEUR MÈRE.

DEUX rats, fils de la même mère,
Avoient différent caractère :
L'un étoit doucereux, sournois et patelin ;
L'autre, vif, étourdi, même un peu libertin,
Couroit, comme on dit, la grisette,
Et ne s'amusoit pas toujours à la noisette.
Un jour que celui-ci, sans crainte du matou,
A l'heure de la brune,
Etoit allé, loin de son trou,
Chercher fortune
Je ne sais où,
Son frère, qui ne sortoit guère,
Voyant qu'il demeuroit plus tard qu'à l'ordinaire,
Crut qu'il feroit très-bien
De dévoiler les délits du vaurien :
D'ailleurs, la jalousie y trouvoit son affaire.
Malgré qu'il lui donnât par fois quelques soucis,
La mère avoit, dit-on, un foible pour ce fils.
Je n'entreprendrai point de cette préférence
De rendre la raison ;
Peut-être trouvoit-elle un peu de ressemblance

Entr'elle et ce jeune raton.

Mère, lui dit notre Caton,

Je crains fort que mon frère

Ne tombe enfin dans quelque souricière :

Il court toute la nuit ;

Et ne rentre au logis que lorsque le jour luit.

Je ne saurois le taire.

On dit même qu'il a fait pacte avec un chat

Très-scélérat.

Est-ce bien fait, ma mère ?

— Non, mon enfant ; ce point est délicat :

Certes, cela seroit une mauvaise affaire ;

Mais crois-tu qu'il soit bien de dénoncer son frère ?

LE LIÈVRE ET LE RENARD.

Un braconnier envoya chez Pluton

Un lièvre qui rongeoit les choux de son canton,

Et le mit dans sa carnassière.

Il retournoit dans sa chaumière,

En calculant qu'il auroit de sa peau,

Après l'avoir mangé, pour le moins un chapeau ;

Quand un renard, blanchi dans les batailles,

Grand croqueur de levreaux, paroît dans les broussailles.

Il est vu ; le coup part, le plomb vole, et soudain

La mort l'arrête au milieu d'un ravin.

Le voilà compagnon de l'innocente bête ;

Il va boire au Cocyte. Apercevant sa tête

Pendante, ensanglantée, un lièvre s'écria :
Bon! le renard est mort: chantons alleluia.

De ce récit que faut-il que j'infère?
Sinon que c'est à tort que l'on se fait la guerre;
Et que tel qui tourmente et blesse son prochain,
Aujourd'hui peut lui nuire, et succomber demain.

LE HIBOU.

DIANE avoit voilé le disque de son frère,
Et dérohoit ses feux aux regards de la terre;
    Son front d'argent entre nous se trouvoit,
Et le char du soleil qu'il nous interceptoit;
Ou, pour parler plus clair, par une nuit profonde,
Une éclipse totale épouvantoit le monde.
Un hibou fut trompé par ce deuil passager :
Sortons, dit-il; Phébus est allé se plonger
Au manoir de Téthys. Le crèpe le plus sombre
S'étend sur l'univers. Notre règne est dans l'ombre :
Chantons. Il chante; alors, en plein midi,
On entendit dans l'air son lamentable cri.
Cependant sur l'azur l'inégale courrière,
        Poursuivant sa marche ordinaire,
            Laisse voir un rayon
        De la couronne d'Apollon;
        Bientôt on la vit toute entière
            Eclater dans les cieux.
            Elle blessa les yeux

De l'oiseau de ténèbres,
Qui s'enfuit en poussant des hurlemens funèbres,
Et qui, gagnant le creux
D'une vieille masure,
Fut gémir du retour de l'astre radieux
Dont le regard réjouit la nature.

Que de gens aujourd'hui, semblables aux hiboux,
Redoutent la lumière!
Cette fable est pour vous,
Aveugles qui craignez que le feu nous éclaire.

FIN DES APOLOGUES.

ÉPÎTRE A MES NEVEUX.

Pauvres enfans, que j'ai vus naître,
Et qui devez me voir mourir,
Je veux, avant de cesser d'être,
Sur le néant du monde avec vous discourir.
A mes dépens j'appris à le connoître.
J'ignore encor quel sera l'avenir.
Au temps passé, je n'ai fait que gémir :
Le présent fuit; et dès demain, peut-être,
Je ne vous laisserai qu'un triste souvenir.
En attendant mon modeste héritage,
De mon amour pour vous écoutez le langage.
Ils sont évanouïs mes jours d'illusion;
Je vois, à la lueur de la froide raison,
Tous les maux qui viendront foudre sur votre tête;
Près du port, je contemple aujourd'hui la tempête,
Et voudrois du péril pouvoir vous préserver.
Des coups du sort je n'ai pu me sauver;
Au moins que je sois votre guide
A travers les écueils de cette mer perfide,
Où votre foible esquif va bientôt se trouver.
Que de dangers et que d'orages!
Déjà j'aperçois les nuages
Qui viennent voiler l'horizon.....
Ecartons ces sombres présages;
Je vais commencer ma leçon;
Retenez bien. D'abord, dans le printemps de l'âge,
A nos yeux tout semble riant.

En avançant dans le voyage,
On ne voit que des fleurs sur les bords du rivage ;
Et l'on navigue en souriant
Sur le cristal trompeur du fleuve de la vie.
Heureux qui peut des vents éviter la furie !
J'appelle ainsi les passions
Auxquelles l'âme est asservie.
Vous aurez, mes amis, mille tentations :
Ce monde est plein de charmes ;
Mais au milieu des ris, on y verse des larmes.
Il vous présentera la coupe du plaisir ;
Gardez de l'épuiser ; la lie en est amère :
On trouve sous la fleur l'aspic du repentir.
Mais vous êtes encor sous l'aile d'une mère,
Qui du danger saura vous garantir ;
Vous avez aussi votre père.
De ces parens chéris embellissez les ans ;
Des roses de votre printemps
Semez l'automne de leur vie.
Vous aimerez aussi tendrement la patrie ;
Et vous croissez pour la servir.
Il vous est réservé de la voir refleurir.
De nos travaux respectant la mémoire,
Souvenez-vous que jadis la victoire
Orna le front de vos aïeux.
Si vous montez jamais sur le char de la gloire,
Ne soyez point ambitieux.
Nous avons trop aimé le tumulte des armes :
En y songeant, malgré moi, quelques larmes
Viennent mouiller mes yeux.
Puissiez-vous du repos goûter toujours les charmes !
Puissiez-vous, chers enfans, plus que nous être heureux !

AU SOLEIL.

Soleil éblouissant, brûlant foyer du monde,
Qui, sans te consumer, dardes toujours tes feux,
Je te vois tous les jours sortant du sein de l'onde,
T'élancer dans les cieux.

Tous les jours je te vois, poursuivant ta carrière,
Guider vers l'occident tes coursiers radieux,
Qui vont plonger encor leur ardente crinière
Dans les flots écumeux.

Lorsque tu vas régner sur un autre hémisphère,
Quand ta paisible sœur, de son pâle flambeau,
Vient blanchir de la nuit le voile funéraire,
Je me crois au tombeau.

Alors le noir souci tient mon âme affaissée;
Mon esprit s'abandonne aux songes effrayans,
Et l'ombre ne présente à ma triste pensée
Que fantômes errans.

Mais lorsque de nouveau la matinale aurore
De ton char de rubis annonce la clarté,
Et remplit de ses pleurs les calices de Flore,
Je reprends ma gaîté.

Ah! sur notre horizon prolonge ta présence :
Josué pour combattre a suspendu ton cours;
Soleil, pour t'admirer, si j'avois sa puissance,
J'allongerois les jours.

FIN.